小学館文庫

モーツァルトを聴く人

谷川俊太郎詩集

絵・堀内誠一

小学館

モーツァルトを聴く人＊目次

I　モーツァルトを聴く人

小学館文庫

モーツァルトを聴く人

谷川俊太郎詩集

絵・堀内誠一

小学館

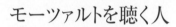

Ⅱ　絵本

Ⅲ　音楽ふたたび

Wolfgang Amadeus Mozart

1756-1791

モーツァルトを聴く人

I

モーツァルトを聴く人

そよかぜ 墓場 ダルシマー

騒がしい友達が帰った夜おそく食卓の上で何か書こうとして
三十年あまり昔のある朝のことを思い出した
違う家の違うテーブルでやはりぼくは「何か」を書いていた
夏の間に知り合った女に宛てた「別れ」という題のそれは
未練がましい手紙のようにいつまで書いてもきりがなかった
そのときもラジオから音楽が流れていて
その旋律を今でもぼくはおぼろげに覚えている

そのときはそれでよかった
ぼくは若かったから
だがいまだにこんなふうにして「何か」を書いていいのだろうか

ぼくはマルクスもドストエフスキーも読まずに
モーツァルトを聴きながら年をとった
ぼくには人の苦しみに共感する能力が欠けていた
一所懸命生きて自分勝手に幸福だった

ぼくはよく話しよく笑ったけれどほんとうは静かなものを愛した
そよかぜ　墓場　ダルシマー　ほほえみ　白い紙
いつかこの世から消え失せる自分……

だが沈黙と隣合わせの詩とアンダンテだけを信じていていいのだろうか
日常の散文と劇にひそむ荒々しい欲望と情熱の騒々しさに気圧《けお》されて

それとももう手遅れなのか
ぼくは詩人でしかないのか三十年あまり昔のあの朝からずっと
無疵《むきず》で

つまりきみは

モーツァルトの音楽を信じすぎてはいけない
なにかにつけてきみはそう言った
酒に酔って言ったこともあるししらふで言ったこともある
だがぼくにはその意味が分からなかった
ついこの間まで

つまりきみはこう言ってたんだ
天国には死ななきゃ行けないんだぜって
かと言ってきみがこの世を地獄だと考えていたのではないことは確かだが
何年か前モーツァルトを聴きながら車を運転して

涙で前が見えなくなって危なかったことが何度かあった
もうぼくは人の言葉は聞きたくなかったんだそのころ
特にあの女の言うことは

モーツァルトは許してくれた
少なくともテープが回ってる間は
だがあの女は一瞬たりともぼくを許さなかった
当然だ

きみはもしかするとモーツァルトから逃れたくて
あんなに酒を飲んだのかもしれない
死ねばもうなんの悔いもなく
モーツァルトを愛せると知っていて

どけよ猫

どけよ猫
おまえは重いよ
どけよぼくの膝の上から

おまえは艶やかな黒い毛皮をぼくの足にこすりつける
朝になると扉の外で柔らかい絶え入るような声で鳴きつづける
寝ているぼくの耳をそっと噛む
それをぼくは愛と勘違いしたりするんだ
どけよ猫
おまえはいつでもぼくを捨ててここから出ていける

モラルなんかちっとも気にせずに
大あくび
桃色の小さなペニス
長いしっぽのくねくね
何ひとつ役に立たない生きる歓び
おまえがほんとはぼくに無関心なのをぼくは知ってる

だが罪もなければ恥も知らないその無垢のなんという美しさ
おまえにひそむ悪にぼくは逆らえない

どけよ猫
そうしてまた帰ってこいよ
口に血まみれの小鳥をくわえて
愛を歌いつづけるパミーナとパパゲーノを従えて

ザルツブルク散歩

ザルツブルクのこぢんまりした街並を背後の丘のほうへ上っていったら
曲がりくねった小路が大きな中庭みたいなところで終わった
まわりの石造りの建物の格子のはまった窓から
女が顔をのぞかせ笑いながら大声で何か言った
まだ朝の九時なのに

なんて言うんだろうドイツ語では
女郎屋だ日本語では
案内書にはのっていない
モーツァルトも通ったのだろうか

前の日もいい天気だった
広場に枝をひろげた大きな木の木陰で友人と話した
ふたりとも浮気していてふたりとも頭がどんどん薄くなっていた
彼の母親は癌で危篤ぼくの母親は呆けて四年も寝たきり

ぼくの母はピアノが上手だった
小学生のぼくにピアノを教えるときの母はこわかった
呆けてから毎晩のようにぼくに手紙を書いた
どの手紙にもあなたのお父さんは冷たい人だと書いてあった
お父さんのようにはならないで下さいお願いだから
五年前に母は死に去年父も死んだ

この世のことを知らなければあの世を夢見ることもできないだろう
だが愛してるつもりでぼくはいつも人を怒らせ悲しませる
この世を知るっていうのはそういうことなのか

モーツァルテウムでは子どもたちがピアノを習っていて
どんなにたどたどしくても音楽は音楽だった
それは束の間ぼくらをどこか知らないところへいざない
だがぼくらはすぐにまた戻ってきてカフェで冷えたワインを飲み
チップをいくら置くべきかを論じ合った

ふたつのロンド

六十年生きてきた間にずいぶんピアノを聴いた
古風な折り畳み式の燭台のついた母のピアノが最初だった
浴衣を着て夏の夜　母はモーツァルトを弾いた
ケッヘル四八五番のロンドニ長調
子どもが笑いながら自分の影法師を追っかけているような旋律
ぼくの幸せの原型

だが幼いぼくは知らなかった
その束の間が永遠に近づけば近づくほど
かえって不死からは遠ざかるということを

音楽がもたらす幸せにはいつもある寂しさがひそんでいる
帰ることのできぬ過去と
行き着くことのできぬ未来によって作り出された現在の幻が
まるでブラック・ホールのように
人の欲望や悔恨そして愛する苦しみまでも吸いこんでしまう
それは確かにひとつの慰めだが
誰もそこにとどまることはできない

半世紀以上昔のあの夏の夜
父がもう母に不実だったことを幼いぼくは知らなかった

＊

五分前に言ったことを忘れて同じことを何度でも繰り返す
それがすべての始まりだった

何十個も鍋を焦がしながらまだ台所をうろうろし
到来物のクッキーの缶を抱えて納戸の隅に鼠のように隠れ
呑んべだった母は盗み酒の果てにオーデコロンまで飲んだ
時折思い出したように薄汚れたガウン姿でピアノの前に座り
猥褻なアルペジオの夕立を降らせた
あれもまた音楽だったのか

その後口もきけず物も食べられず管につながれて
病院のベッドに横たわるだけになった母を父は毎日欠かさず見舞った
「帰ろうとすると悲しそうな顔をするんだ」
CTスキャンでは脳は萎縮して三歳児に等しいということだった
四年七カ月病院にいて母は死んだ
病室の母を撮ったビデオを久しぶりに見ると

繰り返されるズームの度に母の寝顔は明るくなりまた暗くなり
ぼくにはどんな表情も見分けることが出来ない
うしろでモーツァルトのロンドイ短調ケッヘル五一一番が鳴っている
まるで人間ではない誰かが気まぐれに弾いているかのようだ

うつろいやすい人間の感情を超えて
それが何かを告げようとしているのは確かだが
その何かはいつまでも隠されたままだろう
ぼくらの死のむこうに

なみだうた

子どものころよく座敷の柱におでこをくっつけて泣いた
外出している母がもう帰ってこないのではないかと思って
母はどんなにおそくなっても必ず帰ってきて
ぼくはすぐに泣き止んだけれど
そのときの不安はおとなになってからも
からだのどこか奥深いところに残っていてぼくを苦しめた

だがずっとあとになって母が永遠に帰ってこなくなったとき
もう涙は出なかった

そのかわりと言うのも妙な話だがぼくはときどき

モーツァルトの『アヴェ・ヴェルム・コルプス』を聞く
「まことのおんからだに栄えあれ」という意味だそうだが
まことのからだというのがぼくにはよく分からない
だがこの言葉はひどくエロティックだ

＊

ぽたぽたこぼれた
くちべたなみだ
じだんだふんだ
こえだがゆれた

まぶたにたたえた
あみだのなみだ
からだはからだ

なんまいだ

＊

初夏の日差しが若葉に照りつけ枝が風に揺れている
季節がめぐってくるたびに何十年も見慣れた光景だが
その光景がぼくにもたらす感情はいつまでも新しい

悲しみとか寂しさとか喜びとか哀れとか
人は感情をさまざまに名づけるけれど
言葉で呼んでしまってはいけない感情もある
こころとからだから溢れてくるというより
自分が隠れた大きな流れにひたされているような気持ち……
そんなときぼくは知るのだ
涙の源は人が思い及ばぬほどはるか遠くにあるということを

＊

なみだなみだ
おおなみこなみ
うみからよせた
ほっぺたぬれた

ないだないだ
ないたらないだ
そよかぜふいた
まってたあさだ

人を愛することの出来ぬ者も

これが一番いいもの
澄みきった九月の青空には及ばないかもしれないが
もしかすると世界中の花々を全部あわせたよりもいいもの
束の間たゆたってすぐに大気に溶けこんでしまうけれど
その一瞬はピラミッドよりも永遠に近い

これが一番いいもの
渇ききったのどがむさぼる冷たい水とは比べられないにしても
炊きたてのご飯に海苔に卵に塩鮭と同じくらいいいもの
飢えた子どもがいることを忘れさせるほど無邪気で
ぼくらを人よりも天使に近づけてしまう恐ろしいもの

これが一番いいもの
罪つくりなぼくら人間の持ち得た最上のもの
看守にも囚人にも敵にも味方にもひとしく喜びを与えるそれが
神殿や城や黄金ではなくましてや偽り多い言葉ではないことに
ぼくらはせめてもの満足を覚えてもいいのではなかろうか

これが一番いいもの
この短い単純きわまりない旋律が
ぼくは息をこらす　ぼくはそっと息をはく
人を愛することの出来ぬ者もモーツァルトに涙する
もしもそれが幻ならこの世のすべては夢にすぎない

アリゾナのモーツァルト

古いプリマスのカー・ラジオからツェルリーナのアリアが聞こえて
窓の外の赤茶けた荒れ野が一瞬にして楽園と化した
助手席に座る君を忘れてぼくの頭の中はからっぽになる
ついさっきまでぼくらはこんぐらかった話し合いを続けていたのだ
あの鬱屈した感情はいったいどこへいってしまったのだろう

君はもうそこにいない
もしかするとぼくもいない
人間がいない
ぼくらは疾走する
からっぽは満ち溢れる

人っ子ひとりいないのに　どんな細部もありはしないのに
ただひとつの和音が世界を作り出す
そこでは人を憎むことすら出来ないと知っていながら
ぼくは生きている歓びにおののく
青空と地平線だけのその世界で

そしてぼくらは待つのだ
人間がまだ気づいていない何か　言葉では決して到達出来ぬ何かを
もしもここがアウシュヴィッツだったとしても
ただ耳をすまして待つしかないだろう
いつまでも待つしかないだろう

オレゴンの波

ぼくはほほえんでいた
オレゴンの海岸に次から次へと寄せて来る大きな波を
十年以上たった今も覚えているのは何故だろう
ひとりで旅をしていてちっとも寂しくはなかったのに
ぼくは波のとどろきに励まされていた

ぼくはほほえんでいた
好きな音楽の一節が心の中から消え去ることはなかったから
たとえそれを忘れ果てていたとしても
クレシェンドしてゆく音のうねりに促され
波紋のようにひろがるただひとつの和音とともに静寂と交わり

充足の奥に隠された不可能なもどかしさに苦しみながら
ぼくはほほえんでいた
空を天文学で計ったことのないぼくは
何もないところに感じるかすかな予感だけを信じたが
人々のざわめきは雑音のようにぼくを遮り続け
野に立つ一本の木の声を聞こうとしてぼくは人を裏切った

ぼくはほほえんでいた
空のように木のように海のように音楽のようになりたいと夢見て
どこまでも平静なただひとつの哀しみに浸りきり
もつれあう感情を
忘れた

問いと満足

ホテルの浴室はみな同じような匂いがする
いつも暑くもなく寒くもない
なまぬるいタイルを裸足で踏んで便器に座ると
自分がどこにいるのか分からなくなり
唐突に誰にともなく問いかけているのに気づく
ぼくらはいったい何をしてるんだ？

鏡に目の下のたるんだ脂肪とこけた頬がうつっていて
その顔はモンタージュ写真のようにぼやけている
無数の他人によって肉づけされた曖昧な表情
誰かがやったように人生を誕生・交合・死の三語で片づけるのは

墓に逃げこんでからでも遅くはない
ぼくは生きていて六十歳　もうそれともまだ？

今朝ホテルの前の通りで双子とすれちがった
ロボットみたいに同じ顔のじいさんふたりは
からだつきも歩きかたもそっくりで
個性なんていう発明をあざ笑っているかのようだった
人種も母語もちがうけれどぼくも君らに似ている
コピーとマンガとＳ・Ｆのこの時代に共に生きて

地下鉄の駅で見かけたばあさんは
おっぱいがおへそと等しい位置にあることが
まっ白いスエターの上からでも分かった
彼女の顔は陽気に輝いていて
人をからかい人にからかわれながら

何世紀も幸せに暮らしてきたのがよく分かった

ホームの壁にはられた巨大なポスターには
三歳で父親に強姦されたという中年男の写真が印刷されている
いったいどこまでが真実なのか　この世の混沌は精密だ
一週間有効のパスを買いこみ地下鉄に乗って都市の煉獄をうろつき
長いエスカレーターを上り下りしてぼくはしばし天国を訪れる
天使はいないとしても博物館にはＭＵＳＥがいる

教会のように高い天井から
昔の敵機スピットファイアがぶら下がっていて
その下にはレオナルドの空飛ぶ機械の素描
ここではすべてが展示され解説され
戦争と革命に加速された進歩と向上の神話がお経みたいに繰り返される
中学生の一団が床に座ってサンドイッチを食べている

五月の東京でぼくもかつて中学生だった
ぼくは錐《きり》であけたような小さなふたつの穴をみつめていた
ひとつはうんこの穴もうひとつはおしっこの穴
のっぺらぼうの顔　からだは赤ん坊のように手足を折り曲げ
鰹節みたいに黒くなめらかに硬直していた
ひろびろとした焼け野原のただ中で窮屈そうに

その小さな穴のひとつにこの世への抜け道が隠れていることを
もう知ってはいたけれど
そこを通って反対側へ帰っていきたいという
浅ましい郷愁がぼくに人々を忘れさせ
星々の荒野の片隅の孤独にぼくを自足させることに
その時ぼくはまだ気づいていなかった

宇宙飛行士たちはおしめをしている
母乳を吸うようにプラスチックの袋からスープを吸う
だが彼らもまた新しく誕生した者ではない
未来の真空の伝説から抜け出してきたフランケンシュタイン
ガラスケースの中で仁王立ちになっている
黒いヘルメットに顔を隠し　手に雛菊一輪もつこともできずに

丘を越える鳥たちにあこがれたあげく
無重量の中を漂う男たち女たち
おびただしい映像がぼくらから悪夢さえ奪ってしまう
磨き上げられた真鍮の顕微鏡と望遠鏡の中間で視線はうろつく
何を見ればいいのか
すべてが見えているのに

トルコ石と褐炭《かったん》と貝殻と黄鉄鉱のモザイクで飾られた頭蓋骨が

ところどころ欠けた本物の歯を剝き
目はとび出した半球形の鉄の蓋のよう
ぼくらのもろい骨の容器の内側には
太古から精巧なプラネタリウムが仕掛けられていて
投射される幻をその目が辛うじて閉じこめているのだ

もうひとつの頭蓋骨　こっちにはなんの飾りもない
死者の縁者によって持ち運ばれていたという
草で編んだ袋に入れられ真昼の太陽に照らされて
それは生者の腰でぶらんぶらん揺れていた
もしも愛する者が先に死んだら
ぼくもこのアンダマンの人々の真似をしたい

だが今やドクロもまた大量生産される
クメール・ルージュが築き上げたドクロの山を運ぶのは

ひとりの男でも女でもなく一台のブルドーザー
ぼくもまた生きているうちから番号で呼ばれ
一枚のカードとなって世界中を流通している
ぼくの名は3761-001862-33008　ぼくはいったいいくらなんだ？

ウクライナは核兵器を自分たちで管理する気だ
南ア連邦は果たして国際クリケット大会に出場できるか
妻を強姦した英国人が三年の刑をくらって上訴する
豪邸に住むテキサス男が理由もなく二十二人を射殺した
日本人は文化をすべてソフト・ウエアの名で一括する
ぼくのからだはハード・ウエア　得体の知れぬ漢方薬を呑み下す

太い血管の浮き出たたくましい手が放り出すハンマー
鉄板を鳴らして去る足のクローズ・アップ
煤だらけの怒った顔から止まった機械への早いカット

色もなく音もなく繰り返されるゼネスト
エイゼンシュテインは生き生きと閉じこめられている
マリリン・モンローと一緒の映像の動物園に

〈母は離婚のことは一切口にしませんでした
いつも仕事で忙しく動き回っていて
でも最後に堰《せき》を切ったように話してくれました
私はビデオ・カメラをテーブルの上で回し放しにしておきました
今編集中です　誰にも見せません〉
優雅に自然食を食べながらその娘は言った

〈三、四百本はあるんじゃないかな
木管はほとんどない金管だねやっぱり
博物館を作りたいんだけどどこも金出してくれないんだよね
女房とまずくなっちゃってねラッパにばかり夢中になってるから〉

民族博物館で蛇の形をしたホルンを
髭のトランペッターは食い入るようにみつめている

ルチアーノ・ベリオの隣人は道化でした
ペーズリーのベストに黄色い燕尾服のトロンボーン奏者は講義する
「セクェンツァ5」の主題は普遍的WHYですと吹いてみせ
コメディア・デラルテにつながる前衛音楽のあとで
彼はアボリジニーの呼吸法で自作を演奏する
夢が喚起するより深い現実という常套句にもめげずに

耳は夢見ることができないから音楽はいつも現実的だ
だがその現実はこの現実からなんと隔たっていることだろう
弱音器をつけた弦楽のなだらかな丘の上で愚者と賢者の別はない
こまかい金管のトレモロの海にはゴミひとつ浮いていない
長い拍手のあとでやっと立ち上がるタキシードの男たち

彼らは本当は眠っていたのだ　誰のものとも知れぬ天才たちの夜を

少女たちはここでも長すぎる袖の中に両手を隠して
ひよこのように甲高い母音を地下道に響かせている
サキソフォンを吹く青年の前に散らばる小銭
ぼくは恰幅のいい老婆に金をせびられる
世間知らずと思われたくないという見栄が同情に勝って
ぼくは英語が分からないふりをする

錆色のビターの丈高いグラスが林立している
詩人たちは雨の中を自転車に乗ってやってくる
貧乏は今も誇り高い美徳
大小の批評のナイフを懐に隠し持って祭を待ち望む君らには
まだ脚韻が踏めるのか　そのディラン・トマスばりの声で
廃墟となった数々の城を原子力発電所とむすびつけられるのか

岸すれすれにまで水をたたえた小川がゆっくりと流れていく
黒い羊が散らばる小山が霧に見え隠れする
この風景のうちにいつまでもとどまりたいと願う画家の目に
羊飼いの少年の手の霜焼けは見えない
ぼくらはずっと以前から細部を見失いつづけている
ターナーの霧はすでに死の灰を予言していた

我々は惨禍の時代を生きていますと薄っぺらなパンフレットは叫ぶ
一九八〇年十一月のナポリの地震
一九八〇年夏のアメリカの熱波と旱魃
一九七九年のカリブ海諸島のハリケーン・デービッド
一九七九年五月のシカゴ郊外の飛行機事故
彼等はみな死んだのです

そう　ぼくらはみな死ぬのだ
そうして突然歴史の外に投げ出される
ステンド・グラスは巨大な絵本
聖歌は昔習った小学唱歌のように耳に快い
内陣は観光客を拒んで柵と見習い僧によって結界されている
この厳粛な神に対抗するにはユーモアしかないだろう

クラナッハのエロスはものうげに横たわる
目を近づけると白い足指が今ここにあるようだ
嚙んでやりたい
これは決して所有できないものの一部だから
昼食に食べた新鮮な牡蠣《かき》と同じように
理想を語らせずにぼくらを幸せにしてくれるもののひとつだから

長い午後　港には海鳥

酒場には強いRを響かせる土地の詩人たち
どの言語にも海・土・光・木を表す単語があるが
古代人が似ていたようには同時代の詩人たちは似ていない
けれどみなオルフェウスになりたいという野心は同じ
それはコンピュータを笑わせること泣かせること

かすかに潮の香がする町に地下鉄はない
有り難いことに荒野の下にはウィスキーを生む地下水が流れている
決して引き返すなとぼくは教える　異国の連衆《れんじゅ》に
目的地は分からないただそこへ行き着くだけだと
他人にむかって自分を開くことができさえすれば
思いもかけぬその道程で束の間言葉はぼくらを癒すだろう

遠くの造船所から槌の音が聞こえてくる
眩しげに陽光を顔に受けてたたずむ白髪の老夫婦

愛する指のように深く内陸を探る波ひとつない入江
この一日をすべての詩とひきかえにしてもいい
今日のあらゆる細部が死ぬまでぼくの記憶に残るなら
問いかけることは何もない　ただ満足することができるだけだ

一九九一年十月、
ロンドン――オクスフォード――カーディフ――リバプール――エディンバラ――ウラプール

ラモーが小鳥の羽ばたきと囀りを聞いて

ラモーが小鳥の羽ばたきと囀《さえず》りを聞いて
何の苦もなくそれをクラヴサンに写しているとき
まだ生まれていなかったぼくはもうその曲を
木もれ陽の下の朝の食卓で聞いていた

ラモーとぼくの間に横たわる未知の海と暴風に阻まれる航海
戦いに血を流す男たちと嫉妬に逆上する女たちのことは
人間がでっち上げた時間に属していて
ラモーとぼくは笑いながらそれを重い歴史の本のページの間で押花にした

人はぼくらを裁くだろう

鋭い刃で粘る歴史を断ち切り
未生《みしょう》と後生《ごしょう》をひとつに重ね合わせても
気が遠くなるような細部は後から後からこぼれ落ちてきて
そこに宿っているのは神ではなく人間

ラモーは神を畏《おそ》れるあまり神に近づいた
ぼくは神を信じようとして偽善者に近づくだけ

ラモーを苦しめたのは音楽ではなく金と女にちがいないと思うことが
生まれたあとのぼくのせめてもの慰めだ

このカヴァティーナを

このカヴァティーナを聴き続けたいと思う気持ちと
風の音を聞いていたいという気持ちがせめぎあっている

木々はトチやブナやクルミやニレで
終わりかけた夏の緑濃い葉の茂みが風にそよぎ
その白色雑音は何も告げずにぼくを愛撫する

そして楽器はヴァイオリンとヴィオラとチェロ
まるで奇跡のように人の愛憎を離れて
目では見ることの出来ない情景をぼくの心に出現させる

それらはともに束の間の幻に過ぎないだろう
執着することも許されぬほどのはかなさでぼくらを掠《かす》め
すぐにはるか彼方へと去ってしまう

だがぼくはあえてそれもまた現実の名で呼ぶ
かまびすしいお喋りを聞いている時も耳に残っていた静けさ
それは風や音楽なしでは生まれなかった

言葉が要らなくなって好きな女の顔を指でたどる時も
ぼくはきっと同じ現実のうちにいる
人間なしでは生まれなかった騒音に抱きしめられながらも

コーダ

君は死にかけていてぼくはぴんぴんしてる
ぴんぴんしてるだけでぼくは君に対して残酷だが
もし君が死んで墓に入ってしまえば
今度は残酷なのは君のほうだ

君はもう利口ぶった他人に吐き気をもよおすこともないし
利口ぶった自分に愛想をつかすこともない
君の時間はゆったりと渦巻き
もうどこへも君を追い立てたりはしない

だが君が安らかだということがぼくを苦しめるのだ

もう君にしてやれることは何もないのに
なぐることもあやまることも出来ないのに
君はそんなにも超然としていてつけこむ隙もない
死後に残る悔いと懐かしさは君のものではなくぼくだけのもの

君が死んでしまえばぼくが何を思ってもひとりよがりになってしまう
しかしだからと言って君に死なないでくれと言えるだろうか
病院のベッドに無数の管でくくりつけられている君に

モーツァルトのぼくの大好きなコーダの一節のように
君はもうすぐ大気に消え去る
手でつかめるものは何ひとつ残さずに
もどかしい魂だけを形見に

浄土

ぼくはぼくであることから逃れられない
ふたつの目と耳ひとつの鼻と口の平凡な組み合わせを
ぼくは恐れ気もなく人前に曝《さら》してきた
それは多分ぼくに隠すべきものがあったから

汚れたタイルに囲まれた部屋で死んだばかりの友人に再会した時
彼は血と内臓を抜き取られ
難破した一艘のカヌーのように解剖台に打ち上げられていた
もう何も運ばず何も隠していなかった
ぼくらに残されたのは白日に見まがう蛍光灯の光だけ

闇よりも明るさのほうが恐ろしい
きらめく海を背にするとどんな醜いものも美しく見える
限りないものの前でぼくらは一粒の砂に帰る
耳に聞こえてくるのは罵声とも笑声ともほど遠い波音……

もし浄土とやらへ行ってしまったら
ぼくはどんな顔をすればいいんだろう
仏だか天使だかに何もかも見通されてしまったら

不死だったら失ったに違いないものをぼくは隠している
隠していることに自分でも気づかずに
人々の仏頂面に取り囲まれ死すべき命の騒々しさに耳をおおって
ぼくは初冬の木々の影のまだらの中にいる

地べた

枕に頭をつけると地べたがぼくをぐいぐい引っ張る
万有引力なんてもんじゃないすごい力だ
ぼくは海の底のヒラメさながら平ったくなってしまう
目だけはきょろきょろ動かしてるが見るものなんてたかが知れてる

地獄に引きずりこまれるというのならまだ先の楽しみもあるだろう
だが地べたはそんな贅沢を許す気はないらしい
ただその表面にぼくを張り付けにしたいだけなんだ
ぼくが塵から生まれたことをついつい忘れがちだから

だがほどなくぼくは眠りこんでしまう

そして夢の中では繰り返し空へと跳躍する
だれかさんのレクイエムの一節を伴奏にいい気になって
リーボックでアスファルトを蹴り電柱をひらりと躱《かわ》す

少年のころぼくの作った模型飛行機の名はTOTTERING ANGEL
ふらふらと舞い上がるやただちに垂直に地上に舞い戻るのを常とした
そのころから地べたはぼくに教訓を与え続けていたんだ
地べたの外にお前の生きるところも死ぬところもないと

Hotel Belvoir, Rüschlikon

初老の夫婦が（ふたりとも同じくらい肥っている）
ホテルの朝のビュッフェの食卓で向きあって
夫はヨーグルトをスプーンで口に運び妻は褐色のパンをちぎっている
大きな硝子窓のむこうは六月の木々と古い街並
そのむこうに湖がどんよりした陽光に鈍く光ってひろがっている

ふたりは一言も口をきかない
ふたりのうつむいて食べている様子は二頭の動物のよう
前にもそっくりな情景を見たことがあった
あれはたしか雨に濡れた牧場だった

BGMが鳴ってなくてよかったとぼくは思う
もしちょっとでも音楽が聞こえていたら
ぼくの気持ちはもっと違うほうへ流れて行ってしまっただろう
もっと甘いほうへもっと傲慢なほうへ

ぼくの腹の中にかすかな笑いがひろがる
彼らは思ってもみないに違いない
ひとつ置いた隣のテーブルでコーヒーを飲みながら
ひとりの禿《は》げの東洋人が「ここで散文は始まるが
かと言って詩が終わるとは限らない」
などと自分の土地の言葉で考えていることを

ぼくらは一緒にここでふだんと変わらぬ朝を迎えているだけ
だがもしかすると彼らは今日の午後
息子の葬式に出るのかもしれない

Quai Braudy

この地上にうごめく人間の数と高みからぼくらを脅かす星々の数と
そのどちらが多いのかは知らないが
星々も人間も多すぎてぼくにはよく見えないから
心は今この冬の青空のようにからっぽに透き通るひとつのいれもの
ぼくの目はそこにありふれた情景を映し出す

寒風に吹きさらされる河べりの歩道に
ぼろにくるまって横たわる母親と赤ん坊
母親は顔を毛布にかくし
赤ん坊はその下から小さな白い顔をのぞかせている

かたわらに置かれた紙コップに
小銭を入れるしかすることがないと知っているから
ぼくの言葉はすべてそこでせき止められる
行先も分からずにぼくはただそこを通り過ぎるだけ

そして色も匂いも体温もあるひとつの情景は
すぐに灰色の記憶へと急速冷凍されてゆき
やがて値札でもつけるように言葉が貼られる
それは大きすぎる人間の物語の奔流に呑みこまれ
何ひとつ与えられず何ひとつ奪われぬまま遠ざかる

突然異国の民謡の懐かしい一節が心に浮かび
免罪符のようにその旋律がぼくの心を解き放つ
澄み切った青空へ気球みたいに吸いこまれ
ぼくの目はもう慈悲と無慈悲の区別もつかぬ死者の目

ぼくはただここを通り過ぎるだけ
ひしめく星々と人々の間を

だが流れつづける風景と音楽はいずこともなく心を運び
ぼくらの生を死後につなげる
九千キロを隔ててあなたは今ぼくのかたわらにいる

目を覚ました娘が隣に座った青年にほほえみかけた
そのほほえみを支える物語をぼくは知らないが
口をつぐんで互いの目の中をのぞきこむ時のあのやすらぎ
その一瞬のためにこそ人は語りつづけるのだとしたら
この今がぼくらの共に過ごした年月と釣り合っていることを
あなたも認めてくれるにちがいない

そのために費やされた言葉をすべて忘れてしまったとしても
それらの言葉のもたらした感情は哀しみも喜びも怒りもひとつに
この束の間を永遠に変える力をもっている

モーツァルトを聴く人

モーツァルトを聴く人はからだを幼な子のように丸め
その目はめくれ上がった壁紙を青空さながらさまよっている
まるで見えない恋人に耳元で囁きかけられているかのようだ

旋律はひとつの問いかけとなって彼を悩ますが
その問いに答えることは彼には出来ない
何故ならそれはすぐにみずから答えてしまうから
いつも彼を置き去りにして

あまりにも無防備に世界全体にむけられる睦言
この世にあるはずがない優しすぎる愛撫

決して成就することのない残酷な予言
あらゆる *no* を拒む *yes*

モーツァルトを聴く人は立ち上がる
母なる音楽の抱擁から身を振りほどき
答えることの出来る問いを求めて巷へと階段を下りて行く

単行本あとがき

音楽は昔から私にとってなくてはならぬものだった。今も私は時に音楽に縋《すが》らずには生きていけないと思うことがある。だが音楽に対する疑問もまた若いころから私にはあった。二十代ですでに私は音楽に淫することをみずから戒めていた。

ここに収めた作のほとんどは、前集『世間知ラズ』（思潮社・一九九三）と平行して書いていたものである。音楽に憧れながら詩を書いてきた私には、詩に対する疑問と音楽に対する疑問が、そのまま自分という人間に対する疑問に結びついている。その点で本集と前集は兄弟分みたいなものだろうと思う。

なお本集には本のみのものと、ＣＤが付属するものとがある。数篇の自作朗読とともにＣＤに収められた曲には、詩と直接に関わっているものもあれば、そうでないものもあって、それらが私の聴いて感動した音楽のすべてではないことは言うまでもない。私はただ自分が感じたものを、読者と頒《わか》ち合いたいと思ったに過ぎない。

一九九四年十月

II

絵本

「ピアノのすきな王さま」谷川俊太郎・作×堀内誠一・絵

＊この絵本は左開きです。90ページから読み始めてください。

ピアノスキ三せいは　まいにち　ピアノをひいてるだ

なので、ピアノバおうこくのひとびとも　しまいに

おこりだし、とうとう　おうさまを　くにから
おいだした。たったーだいだけのこったピアノで

おうさまは　きょうも　クープランを　おひきになる。

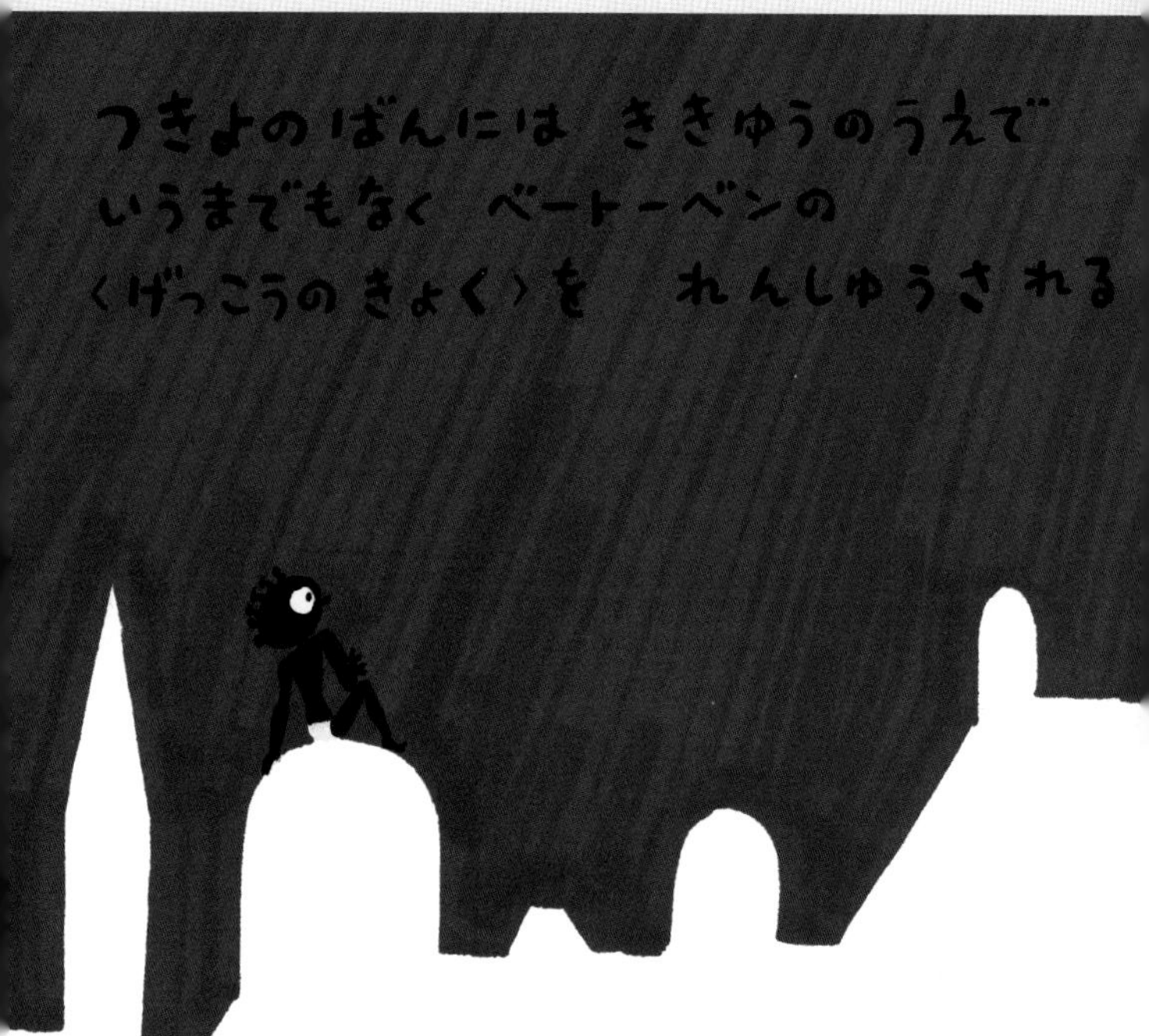
つきよのばんには ききゅうのうえで
いうまでもなく ベートーベンの
〈げっこうのきょく〉を れんしゅうされる

なつやすみには
うみのそこにすえつけたピアノで
ドビュッシィの〈しずめるてら〉を
ひくのがおすきだ

おうりつどうぶつえんの　さるやまにも
おうさませんようのピアノがあって、
ときどき そこで サンサーンスの
〈どうぶつのしゃにくさい〉を
おさらいになる

CAMEL

まちのまんなかの　いちばんにぎやかな
こうさてんを　とおるときは、
かならずおりて
すえつけてあるピアノで
「こいぬのワルツ」などを
おひきになる

おでかけのときは　とくべつ ちゅうもんの
ロールス・ピアノにのって、ピアノをひきながら
どこへでも　いらっしゃる

ピアノバおうこくの　おうさま、
ピアノスキ三せいは、
なまえのとおり　ピアノがだいすき、
おてあらいにまで　ピアノがおいてある

ピアノのすきなおうさま

たにかわ　しゅんたろう　さく　　ほりうち　せいいち　え

III

音楽ふたたび

モーツァルト

ちらっと見たんだあの子は
ほんの一瞬
道ばたのその雑草をね

べつに嬉しそうな顔はしなかった
興味をもったふうにも見えなかったな
私は植物にはくわしかったから
その雑草の名前をあの子に教えてやった
そしたらにこっと笑ったよ
それだけさ

その日の午后
あの子がピアノを弾くのを聞いていて
突然私には分かった
生まれる前からあの子は
その雑草のことならなんでも知ってたんだと
名前なんか知る必要はなかったんだ
神がそれをおつくりになった瞬間に
あの子は立ち合っていたんだから

道ばたの一本の雑草が風にゆれている
一目それを見ただけで
あの子には世界じゅうが見えるんだ
意味とか無意味とかはどうでもいい
それがそこにあるだけで十分だ
あの子はピアノでそう言っていた

ピアノを弾き終えると
あの子はうんちをしにすっとんでいった
うんちうんちと妙な節で歌いながら

＊

おれはモーツァルトだ
そいつはそう言うの
私のおっぱいにぎりしめて
モーツァルトって誰よってきくと
だからおれさだって

それから私のうなじの生毛《うぶげ》の上を
中指でそうっとさわるんだ

私のこと好きってきくと
好きだよって言う
その言いかたがすっごくふつうで
うそみたいなのにほんとだって分かるの
先のことはともかくその時は本気だって

写真おくれよって言ったら
写真とったことないんだって
どうしてってってきいたら
金がねえってこうだもんね

下らないことばかりひっきりなしに
ぺちゃくちゃ喋ってんだけど
そいつがちょっとでも黙ると
私むねがどきどきした

もう三年か四年くらい前になるかな
それっきり会ってない
そいでね昨日喫茶店でさ
ピアノが流れてたんだ
聞いたことない音楽でさ
音と音のあいだにすっごく間があんの
その時ぱっと思い出した
あいつのこと

私わざわざレジまで行って
曲の名前きいたんだ
モーツァルトのピアノソナタですって
フグみたいな顔の女が教えてくれた

カーラジオの中のモーツァルト

モーツァルト　モーツァルト！
私はきみに追いつくよ
アダージオからアレグロへ
アクセルをかるくふかして

記憶が流れ　心がはためき
今はもう私自身が音楽だ
海に沿い　林をぬけて
どこまでも響いてゆく

そして岬での小さな休止符

不動の青空と沈黙
その無為こそが目的地であると
そう考えることの静かなよろこび

モーツァルト　モーツァルト
まだいるねきみもそこに

モーツァルトの昼

魂の真昼
少女は生まれ
すぐに死ぬ
沈黙のわなにおちまいともがく
装飾音の小鳥たち

魂の真昼
司教はののしり
王は無能
夢の美しいうなじを抱く
十六分音符の首かざり

魂の真昼
空は終りつつ
始まっている
喧騒のわなからよみがえる
耳の魚たち

肩

あなたの暖かいスエタアの
肩にもたれて
私は何も言わない
あなたは何も言わない

かくも美しく歌い出される
モーツァルト
室《へや》の外で木々は葉を散らす
私はいつ死ぬのか

肌のぬくみだけで心は要らない

そう思ったとき
ふりむいてあなたがじっと
私をみつめているのに気づく

真っ白でいるよりも

1

自分がチェンバロになって
一晩中待っているのよ
もちろんモーツァルトを
まだ十二歳の
ほらそんなふうに
眠れないときってない？

2

愛ってのはころがってるのね
キッチンなんかにね

玉ねぎ刻んでて涙が出ると
思い出すわ
悲しみの理由は
いつもいつも愛だったって

3

生まれ変わったら鯨になりたい
海の中で歌って暮らすの
言葉は知らないの
でも歌はあるの
鯨の心は人間よりずっと大きいから
歌もいつまでも続くの

4

そうなんだよ

絵になる一瞬が大事なのさ
私そのために生きてる
だから私の写真一枚だけとっておいて
そいで思い出さずに空想して
私の一生を

5
まだ二十世紀なのね
未来ってなんてゆっくり来るんだろ
待ってらんないな
椅子に座ってるのもまどろっこしい
恋をするのも
夢を見るのもまどろっこしい

6

わざわざ迷子になりに行くの
巨大迷路に
ここがどこか今がいつか
分かりすぎるんだもん
それなのに不意に分からなくなる
地球儀なんか見てると

7

花が咲いてるでしょ
海鳴りが聞こえるでしょ
そよ風も吹いているでしょ
それだけで幸せって思ってしまうでしょ
だから私うしろめたいの
ひとりぼっちが

8

私は空から見られているのだわ
カラスに雲にトンボに天使に
空から見ると
意地悪も嫉妬も見えなくなって
私は私じゃなくなって
きっと地面に溶けている

9

マラケシュにいたときのこと聞きたい？
でもあなたはいなかったのだから
きっと退屈ね
マラケシュにも子どもがいたわ
黙りこくって立ってる子が
だからきっと愛もあったのね

10

嘘つくのって好きよ
まだ知らないほんとのことを
知ってるような気になれるから
でもほんとのほんとは
一瞬で過ぎ去る
いい匂いみたいに

11

男よりも木に抱かれたい
葉っぱに触ってほしい
枝に縛られたい
根っことからみあいたい
私は空にやきもちやくの

木は夜も空をみつめているんだもの

12

知ってた?
気持ちにはいろんな色がある
私あなたの色とまざってもいい
真っ白でいるよりも
きらいな花の色になるほうがまし
でしょ?

黴くちゃ

一緒に年とってきたものがよくなってくる
いま使っているこの飯茶碗ひとつだってそうだ
子どものころから馴染んでいる平凡な染め付け
忘れ難い思い出がある訳ではない
ただ見慣れているだけ使いつけているだけ

両親の家を出て真新しい四畳半に住んだころ
何から何まで新しくもちろん女まで新しく嬉しかった
だがいまは黴《かび》くさいものが懐かしい
二歳になった孫娘だけは別だが

ひとに若いと言われると嬉しくないこともないが
腹立たしいような気にもなる
モーツァルトだって年は食ったはずなのに
ぼくはいまだに年を食い足りていない

詩を皺くちゃにしなくっちゃと思う
せめてそれがゴミになる前に

音楽

避けようもなくひとつの旋律は終りに近づき
誰もそれをとどめることはできない
心に押された旋律の烙印は肉の臭気を放ち
きみを奥深い記憶のうちの牧場へと連れ去る
そこに吹いていた風がいまここの
窓辺にたゆたっていることを知るために
きみは無数の曲りくねった小径に迷い
だが結局それは一筋のもつれた糸
穀物と肉を食うように口が造られたとき
すでにきみの耳は音楽を聞いていたのだ
たどりきれない過去のくらやみに向かって

みつめきれない未来のまぶしさに向かって
きみのからだはひとつの旋律となり
どこまでも引き伸ばされゆるやかに波打つ
耳元で囁きかけるものにはどんな形もなく
渦巻く星雲をみたす真空のうちにさえ
音はさながら宇宙への媚《こ》びのように
言葉を憐《あわれ》みつついつまでもまとわりつく

モーツァルト、モーツァルト！

メキシコふうの刺繡のある紺の上衣の悠治が
くねくねと歩いてきてピアノの前に座り
奇妙なモーツァルトが始まった
今にもつまずいて転びそうなロンドだ
木の階段に腰かけている頭を剃り上げた青年
暗い硝子窓を背に並んでいる小学生たち
片肘をついてかすかにほほえむ（多分）人妻
屋根を打つ雨音
ぎくしゃくしているくせに優雅で
モーツァルトが今この時代に生きていたら

きっとこんなふうに弾いただろう
皮肉な笑みを浮かべた哀しみ
疾走なんかしないでぼくらの隣で
モーツァルトは待ってくれている
いつかぼくらがこの世から消え失せるのを
譜めくりの女優の卵が譜をめくりそこねて
一瞬悠治は片手になって音楽はたゆたい
ぼくらの暮らしの中の物音のひとつとなり
そのくせ時計には決してできないやりかたで
時間を定義した
真夏の草いきれと居眠りをする哲学者
寝台の上で身動きできぬ老婆と
いつか読むことになるだろう書物
きれぎれの幻がなんと緊密に結ばれることか
生きる理由は何ひとつ無くとも

オナラやウンコが大好きだった男の書いた音楽のうちで

作者は語る。

〈"Mozart, Mozart!"っていうおんなじ題名の十一分ほどのヴィデオ・テープもつくったんですよね。このときの高橋悠治の演奏を聞いていて突然つくりたくなって、ヴィデオ・カメラを買ったわけ。ベースは悠治のモーツァルトのロンド・イ短調、ケッヘル五一一の演奏の両手のアップをフィックスで撮ったテープ、もちろん同録です、それに三つの別のシーンをインサートした。ひとつはぼくの杉並の家の庭の雑草のシーン、途中で紋白蝶が一匹、画面を横切る、もうひとつは河北病院のベッドに寝ている母の姿、これは五回半ズームイン、ズームアウトをくり返している、最後のは水蓮の花をアップからズームアウトしたもの。編集はかわなかのぶひろさんに手伝ってもらいました。悠治の演奏はうちのピアノで撮ったのね、弾き終ってから硝子戸が風で揺れる音が入ってて、そこが気に入ってる。〉

天才

天才は灰色のコール天のズボンをはき
しわくちゃのTシャツを着てすたすた歩く
小走りに追いついて女は天才の腕にすがる
「素敵ね天才がふつうに街を歩いているなんて」
天才は天才だから素直に「うん」と答える
人ごみを歩いていても彼はひとりぼっちだ
だが誰も彼自身でさえそんなことに気づかない
「こないだ画いてくれた私のヌード
友だちが二百万で売ってくれって」
マジックでチラシの裏に画いたいたずらがき
だが天才は天才だからお金をバカになどしない

「三百万で売りなさい」
「あんたほとんど詐欺師ね」うっとりと女は言う
天才は天才だから別に詐欺師であっても困らない
天才の団子鼻のあたまに汗の粒が浮いている
夏の陽は天才の上にも容赦なく照りつける
一文なしのモーツァルトが埋葬されたのは
今日とは似ても似つかぬ日だったっけ

ピアノ

誰かがピアノを弾いている
塀はどこまでもつづいていて
道には人影ひとつない

誰かがピアノを弾いている
窓はわずかにひらかれていて
枯れかけた花の匂いがする

誰かがピアノを弾いている
一年が過ぎ　従妹は嫁ぎ
十年が過ぎ　都市は燃え

百年が過ぎ　国は興《おこ》り——

誰かがピアノを弾いている
その部屋で鏡はまぶしく輝いて
戸口に倒れた一人の兵士をうつしている
そのむこう真昼の海をうつしている

部　屋

妖精のよう
部屋を飛び回る
四分音符

音楽は
決して秘密を
明かさない

言葉の
空しい
求愛

静けさに
死ぬ
今日

花弁

音楽の
苦い
谺《こだま》
思い出が濡れ
記憶は
乾き
野放図な
百合の
花弁

虚空にも
満ちる
蜜

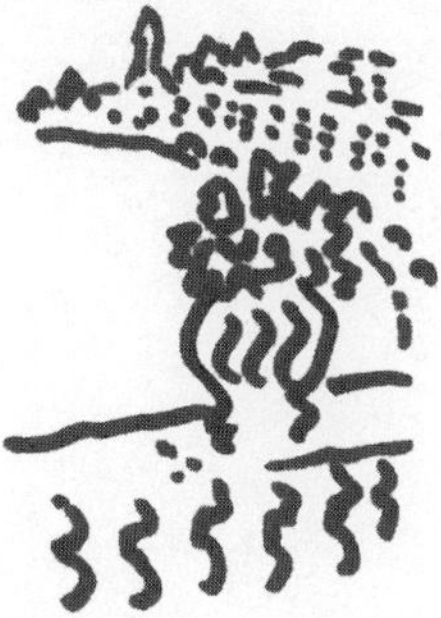

八ヶ岳高原音楽堂に寄せて

木立をそよがす風が
音楽のふるさとへと吹き渡るとき
からだを脱ぎ捨てた親しいものたちの思い出に
私は明日を夢見ている

宇宙に澄まされる精密な耳は
絶え間ない雑音の中にかすかな信号を聴き取るという
音楽の始まる前の静けさに抱かれて
私たちの鼓膜は見えない指の愛撫を待っている

木々の緑をホリゾントとして地平をのぞみ

ここではフォルテッシモで断ち切られる音も
ピアニッシモで消え去っていく音も
波紋のように未来へとひろがる

刻むのをやめて時間が渦巻き始めるところ
喜怒哀楽を超えて魂がみずからを見出すところ
決してとどまることの出来ないその場所に
つかの間私たちは集う

無から生まれ出た音楽というもの
人間を縛る意味から解き放たれたその無垢に
神話を生きる憎めない神々さながら酔いしれて
私たちの夜は更けていくのだ

音楽のように

音楽のようになりたい
音楽のようにからだから心への迷路を
やすやすとたどりたい
音楽のようにからだをかき乱しながら
心を安らぎにみちびき
音楽のように時間を抜け出して
ぽっかり晴れ渡った広い野原に出たい
空に舞う翼と羽根のある生きものたち
地に匍《は》う沢山の足のある生きものたち
遠い山なみがまぶしすぎるなら
えたいの知れぬ霧のようにたちこめ

睫毛《まつげ》にひとつぶの涙となってとどまり
音楽のように許し
音楽のように許されたい
音楽のように死すべきからだを抱きとめ
心を空へ放してやりたい
音楽のようになりたい

あのひとが来て

あのひとが来て
長くて短い夢のような一日が始まった

あのひとの手に触れて
あのひとの頰に触れて
あのひとの目をのぞきこんで
あのひとの胸に手を置いた

そのあとのことは覚えていない
外は雨で一本の木が濡れそぼって立っていた
あの木は私たちより長生きする

そう思ったら突然いま自分がどんなに幸せか分かった

あのひとはいつかいなくなる
私も私の大切な友人たちもいつかいなくなる
でもあの木はいなくならない
木の下の石ころも土もいなくならない

夜になって雨が上がり星が瞬き始めた
時間は永遠の娘　歓びは哀しみの息子
あのひとのかたわらでいつまでも終わらない音楽を聞いた

音楽

穏やかに頷いて
アンダンテが終わる
二つの和音はつかの間の訪問者
意味の届かない遠方から来て
またそこへ帰って行く

幻のようにか細い糸の端で
蜘蛛が風に揺れている
それを見つめているうちに
フィナーレが始まる
最後の静けさを先取りして

考えていたことすべてが
時の洞穴に吸いこまれ
人はなすすべもなく生きている
せせらぎのように清らかに今
世界を愛して

音楽の中へ

それからぼくは音楽の中を歩いて行った
人影はなかったが
広場はいのちに満ちていて
その下に深い海をかかえていた

見えない木々の一生が過ぎてゆき
罪は許される予感におののき
王子と農奴の記憶がまじりあい
星々の卵がびっしり空をうめていて

ぼくのからだは透き通り

桃色の内臓の奥のぼくの気持ちは
宇宙の果てまでひろがって
その先へとこぼれ落ちた

そしてぼくは帰ってきた
アンプの真空管のほのかな光をたよりに
そこに宿っているもののもまた
ぼくの生きるあかしだと知っているから

音楽ふたたび

いつかどこかで
誰かがピアノを弾いた
時空を超えてその音がいまも
大気を震わせぼくの耳を愛撫する

はるかかなたからの甘美なささやき
それを読み解くすべがない
ぼくはただ身をまかせるだけ
風にさやぐ木立のように
初めての音はいつ生れたのか

真空の宇宙のただ中に
なにものかからの暗号のように
ひそかに謎めいて

どんな天才も音楽を創りはしなかった
彼らはただ意味に耳をふさぎ
太古からつづく静けさに
つつましく耳をすましただけだ

終わりと始まり

アダージョの最後の音が
ゆるやかにディミニュエンドしていき
音楽の終わりは静けさの始まりと区別がつかない
……という言葉がもう静けさを壊している

時がどんなせせらぎよりも
ひそやかに繊細に流れていくのを知りながら
私たちは時間をこまごまと切り刻み
それを音楽で償《つぐな》おうとしている

終わりと始まりを辞書は反意語と呼ぶけれど

終わりが終わるとき始まりはもう始まっている
季節もそうして移り変わっていくのに
それを正確に名指すすべを言葉は知らない

古い年の終わりに穏やかに枯れていくものたち
新しい年の初めに生き生きと芽吹くものたち
そのどちらも同じひとつのいのち
切り離してしまえるものは何ひとつないのだ

今此処の私のために

音楽は今此処の私のために奏でられる
百年前の汚い路地であっても
未来の宇宙ステーションの内部であっても
過去を振り返らず未来を望まず
それは音を秘めていつも虚空にいる

音楽はひそかに学んでいたのだ
小鳥たちの囀《さえず》りに
鯨の歌に　せせらぎに
木立を揺らす風に　雷鳴に
私たちが生まれる遥か前から

ヒトは皆それぞれに自分の音を持っていて
気づかずに互いに響き合っている
音楽は哀しみと苦しみに学ぶ
喜びにそして言葉を拒む沈黙に学ぶ
見えない時の動きと鼓動をともにして

数小節

その数小節が心の道案内となった
行ったことのない異国の高原へ
やすやすと歩み入り
羊たちの柔らかい背中を撫で
見上げる雪山の稜線をたどって行くと
せめぎ合う未来の物語が見えた

始まりの旋律にすでに
終わりの和音がひそんでいるのを
少年は聞き取っていた
音楽は僕の愛を導いてくれるのか

それとももっと素晴らしい地平を暗示するのか
何かが崩れ去るようなアルペジオ

音楽が終わった後の静けさに
〈今ここ〉の音が聞こえてしまうことに
少年は安心しながらも苛立つ
机上のディスプレーに映る愛らしい地球
耳には聞こえない宇宙の無音
膝に乗ってきた猫の微かな鳴き声

音楽の前の……

この静けさは何百もの心臓のときめきに満ちている
この静けさにかけがえのないあの夜の思い出がよみがえる
この静けさに時を超えた木々のさやぎがひそんでいる
この静けさをあなたと同じようにモーツァルトも知っていた
この静けさもまた時代のざわめきの中から生れたが
この静けさをどんな権力も破ることはできない
この静けさを私たちは愛する死者とわかちあう
この静けさはまだ生れてこない者たちに捧げられる

美しい大きな木の箱の宇宙でやがて私たちは無垢な子ども
音符の蝶々と戯れ旋律の急流を泳ぎ和音の森に憩い

トレモロの指にくすぐられアダージョの手に抱かれて
いつか見知らぬたましいの地平へと連れ去られる

人が音楽を愛するよりももっと深く　音楽は人を愛してくれる
せめぎあう人の歴史に背いて今日私たちは杯をあげる

この静けさに音は生れ　この静けさに音は還る
この静けさから聴くことが始まりそれは決して終わることがない

魂に触れる

軽いやわらかい毛布の下に
恋人のあたたかいからだがあって
ふたりは手をつないで仰向けに横たわっている
ふたりの目は白い天井に向けられていて
どこにも焦点をむすんでいない
モーツァルトのケッヘル六二二のクラリネット協奏曲
第二楽章アダージョが聞こえている初秋の午後
若い彼らは完璧な幸せがもたらす悲しみに
それと気づかずに浸っている

「昨日またサリエリに会ったよ」と男が言う

「何度見たら気がすむの《アマデウス》？」女が言う
「史実はどうあれあんなにモーツァルトを愛した男はいないね
嫉妬も憎しみも殺意もみんな愛から生まれている」
クラリネットが子どものように駆け上がり駆け下りる
「こんな美しい音楽がどうしてそんな醜い感情を生むのかしら？」
答えずに女の横顔を見つめて男は思う
〈音楽はすべてを肯定する　日本語では［悲しい］は［愛しい］
［どうしようもなく切ないといとしい］と古語辞典は定義している〉

……ずっと後になってもう若くない女はその日のことを思い出す
あのひとの目の縁から涙がつうっと頬に伝わった
どうして泣くのとわたしは訊かなかった
その涙があまりにも美しく思えたから
モーツァルトがくれた涙　モーツァルトがくれた世界
そこにとどまることは彼自身にさえ不可能だったが

あの日わたしは見えない魂に触れた
あのひとのそしてわたしのそしてモーツァルトの魂
その記憶がいまも私を生かしてくれる　あのひとを失ったいまも

急がないモーツァルト

石畳の道に足音が響く
姿は見えないがモーツァルトだ
嬉しいことがあったのだろう
歩きに笑いがひそんでいる

建物から女が出て来る
慇懃《いんぎん》に挨拶してすれちがう
短い旋律が生まれかけたが
すぐ小さなつむじ風に紛れる

永遠が日々の暮らしに微笑みかける

楽しみは哀しみに気づいている
ピアノの黒鍵と白鍵が
黒白を問わない和音を生む

休止符に宿る人の心は
世界の喧騒を許している
地球が今日も自転している
モーツァルトは立ち止まらない

文庫あとがき

詩集を開いて好きな詩を一篇読む、CDを取り出して好きな音楽を一曲聴く、どっちも日々の暮らしの時間とは違う時間を私たちにもたらしてくれる。何年か前に旅行者が土産物をあさっている観光地で、演歌を流していたスピーカーが、なんかの間違いか突然モーツァルトに切り替わったことがある。その時の自分のショックを今も忘れていないが、その時の気持ちをどう言葉にすればいいのか、いまだに分からずにいる。

モーツァルトの数小節に匹敵する詩が書きたいと、私はずっと夢見ているのだが、この文庫に集められた詩を読み返してみると、言葉で音楽に触れることのできた瞬間が、いくつかはあったような気がする。直接音楽に、あるいはモーツァルトに触れたのではない。むしろ離れたところから偶然のように触れたのだと言ったほうがいいかもしれない。ここ数年ヘッドホンで音楽を聴くようになっている。耳が遠くなったわけではない。ただもっと言葉に近づきたいと、カラダがそしてココロが望んでいるのだ。

二〇二一年十二月一日　谷川俊太郎

［解題］

『モーツァルトを聴く人』という詩集が小学館から刊行されたのは一九九五年、十九篇の詩のほかにパウル・クレーのカットが六点収録されていました。造本はA5判ハードカバー64ページの瀟洒な詩集。今回同じタイトルで文庫化するにあたり、モーツァルトと音楽をめぐる選詩集「音楽ふたたび」と題して新たに二十四篇を加えました。これらの詩篇は、古くは一九六一～六四年頃に書かれた「モーツァルトの昼」から二〇二〇年の「今此処の私のために」と「数小節」、そして本書のための書き下し「急がないモーツァルト」まで、谷川さん三十代初めから八十九歳までの作品が一望できます。書き下し一篇以外は、編集部が十五冊の詩集や単行本から選んだものです。さらに特筆すべきは、堀内誠一さんとの共作絵本「ピアノのすきな王さま」をカラーで収録できたこと（この絵本は、ヤマハのPR誌に発表されたまま未刊行だった絵本です）。谷川さんの詩とともに堀内さんの絵や洒落たカットもお楽しみください。

（刈谷政則・記）

部屋　『minimal』思潮社　2002
花弁　『minimal』
八ヶ岳高原音楽堂に寄せて　『日本語のカタログ』
音楽のように　『対詩』書肆山田　1983
あのひとが来て　『夜のミッキー・マウス』新潮社　2003
音楽　『私』思潮社　2007
音楽の中へ　『私』
音楽ふたたび　『私』
終わりと始まり　『詩の本』集英社　2009
今此処の私のために　『音楽の肖像』小学館　2020
数小節　『音楽の肖像』
音楽の前の……　『シャガールと木の葉』集英社　2005
魂に触れる　『詩の本』
急がないモーツァルト　書き下し　2021/9/12

【堀内誠一：絵　初出】

カバー装画　「ピアノの本」（YAMAHA）表紙　1982年11月号
モーツァルト肖像（p8）　「ピアノの本」1979年9月号
その他のカット「室内」（工作社の月刊誌）1985年1月号〜12月号
＊中には未使用のものもあり描かれたのは1984年頃

【初出一覧】

Ⅰ　モーツァルトを聴く人

『モーツァルトを聴く人』小学館　1995年1月刊

Ⅱ　絵本

「ピアノのすきな王さま」
「ピアノ小読本」（YAMAHA）に収録　1981年11月

Ⅲ　音楽ふたたび

モーツァルト　『詩を贈ろうとすることは』集英社　1991
カーラジオの中のモーツァルト　『祈らなくていいのか』（未刊詩集）
　『谷川俊太郎詩集』（河出書房）に収録　1968
モーツァルトの昼　未刊詩篇（1961-64）
　藤富保男編『谷川俊太郎　日本の詩』（ほるぷ出版）に収録　1985
肩　『手紙』集英社　1984
真っ白でいるよりも　『真っ白でいるよりも』集英社　1995
皺くちゃ　『真っ白でいるよりも』
音楽　『手紙』
モーツァルト、モーツァルト！『日本語のカタログ』思潮社　1984
天才　『詩を贈ろうとすることは』
ピアノ　『うつむく青年』山梨シルクセンター出版部　1971

本書のプロフィール

本書は、一九九五年一月に小学館より刊行された詩集『モーツァルトを聴く人』に、選詩集二十四篇と堀内誠一との共作絵本を加えたオリジナル文庫です。

小学館文庫

モーツァルトを聴《き》く人《ひと》

谷川俊太郎詩集《たにかわしゅんたろうししゅう》

著者　谷川俊太郎《たにかわしゅんたろう》
絵　堀内誠一《ほりうちせいいち》

二〇二二年一月十二日　初版第一刷発行

発行人　石川和男
発行所　株式会社　小学館
〒一〇一-八〇〇一
東京都千代田区一ツ橋二-三-一
電話　編集〇三-三二三〇-五一三二
　　　販売〇三-五二八一-三五五五
印刷所――――凸版印刷株式会社

この文庫の詳しい内容はインターネットで24時間ご覧になれます。
小学館公式ホームページ　https://www.shogakukan.co.jp

ISBN978-4-09-407105-4